TOUJOURS PARFAIT
**Lecture progressive**

## Liza Charlesworth
## Illustrations de **Louise Forshaw**
## Texte français d'Hélène Rioux

Catalogage avant publication de Bibliothèque et Archives Canada

Charlesworth, Liza

(We love to share. Français)

On partage / Liza Charlesworth ; illustrations de Louise
Forshaw ; texte français d'Hélène Rioux.

(Toujours parfait, lecture progressive)

Traduction de : We love to share.

ISBN 978-1-4431-5188-7 (couverture souple)

I. Forshaw, Louise, illustrateur II. Titre. III. Titre: We love to share.
Français

PZ23.C427On 2016      448.6      C2015-906624-7

Édition publiée par les Éditions Scholastic, 604, rue King Ouest, Toronto (Ontario)  M5V 1E1

5 4 3 2 1    Imprimé au Canada 119   16 17 18 19 20

Conception graphique de Maria Mercado

FSC
www.fsc.org
MIXTE
Papier issu
de sources
responsables
FSC® C103113

**SCHOLASTIC**

On partage
le papier.

3

# On partage les crayons de cire

On partage
les ciseaux.

On partage
la peinture.

# On partage les formes.

On partage la colle.

# On partage les autocollants.

# On partage les plumes.

# On partage
# les paillettes.

# On partage le dessin!

# Compréhension du texte

**1.** Que partagent les enfants?

**2.** Qu'est-ce que les enfants ont créé?

**3.** Pourquoi le partage est-il une bonne chose? Qu'est-ce que tu partages?